KB265179

흐린 날은 사람이 그립다

흐린 날은 사람이 그립다

흐린 날은 사람이 그립다

글쓴이 / 여종구
펴낸이 / 孫貞順
펴낸곳 / 모아드림

1판 1쇄 / 2004년 8월 27일
서울 서대문구 북아현3동 180-22
전화 / 365-8111~2
팩시밀리 / 365-8110
E-mail / morebook@korea.com
　　　　　 morebook@morebook.co.kr
http://www.morebook.co.kr
등록번호 / 제2-2264호(1996.10.24)

모아드림 기획시선 67

흐린 날은 사람이 그립다

여종구 시집

모아드림

시인과 나

여 명 희

시인과 나는 남매라네
한 핏줄을 받아
한 집에서 15년을 살았지만
나는 그를 알아보지 못했네
그가 시인이 될 줄은

머리카락이 닮고
생각이 닮고
코가 닮고

보이는 것은 잘 알고 있었지만
그의 머릿속에서 나오는 글을
난 볼 수 없었네

내가 먼저 태어났지만
그가 먼저 하늘나라에 갔으므로
나는 그를 알아보지 못했네
그가 시인이란 걸

그가 태어날 때의 기쁨과
그가 자랄 때의 대견함과
그가 떠날 때의 슬픔을 다 느꼈으면서
나는 왜 미처 몰랐을까?
그가 시인이었다는 사실을

동생은 떠나갔지만
내 가슴속엔 언제나 푸르게 살아 있네
나는 왜 이제 알게 되었을까?
시 속에 종구가 살아
하늘나라에서도 시를 쓰며
행복해한다는 사실을

아우의 39번째 생일, 누나가

* 누나는 동생 생일날마다 인산이에게 미역국을 꼭 끓여주며 아버
  지 이야기를 들려준다고 한다.

그 시절 너와 더불어
— 요절 시인 여종구의 영전에

이 원 규

그 시절 너와 더불어
노천극장은 비로소 노천극장이었다

희망이 하회탈처럼
자주 표정을 바꾸던 그 시절
막걸리 몇 사발에 불콰해진 얼굴
너와 더불어 우리들의 술집
감천은 감천, 행운은 행운이었다

실연과 소주와 투쟁과 눈물
너와 더불어 짜돌은 짱돌, 꽃병은 꽃병
최루성 안개가 내리는 분지의 청춘은
비로소 청춘다웠다

그러나 자네의 영전엔 가지 않겠네
씹새끼, 새파란 나이에 추모시라 쓰라니!
거지발싸개 같은 놈
자네생각 근처엔 오줌도 싸지 않겠네
종구야, 종구야~ 哭, 哭, 哭!

기억을 들추는 전화는 사람을 긴장시킨다. 그가 떠난
지 8년째, 시집을 내겠다는 그의 누나 전화는 내 마음
속 그를 다시 살렸다. 유고 뭉치를 읽으면서 흩어져 있
던 작품들을 수소문해 일일이 타이핑하고 정리한 누나
의 모습을 생각하니 아득했다. 그렇게 간 친구의 모습
을 내면으로 모두 이해한 누나의 가슴앓이가 느껴졌다.
  어느 날 정리도 없이 세상의 끈을 놓았을 때 누가 뒷정
리를 이렇게 자신이 원하던 만큼 마음으로 헤아려 해 줄
수 있을까. 다소 늦었지만 종구는 복도 많은 시인이다.
  살아생전 그는 시집을 내고 싶어했다. 화가와 시인
의 길을 선택한 그를 식구들은 못마땅해 하기도 했다.
청년시절 어느 날, 불쑥 '깨전과 옆방 아가씨' 라는 시
첩을 내서 표지에 사인을 해주며 흐뭇한 웃음을 짓기도

했다. 그의 시작은 계속 되었던 것 같다. 그리고 세월은 그를 세상 밖으로 몰아갔다. 장지에서 혹 그를 기억하는 술자리에서 시집 발간이 논의되기는 했지만 무르익지는 않았던 것 같다. 또 그의 시가 책 한 권 분량이 될까? 의구심을 가지기도 했다. 그런데 이번에 골라 엮은 시들 말고도 시와 산문이 제법 많다. 그는 치열한 자기 삶을 기록해 갔던 것이다.

이승에서 마지막 무렵 그는 참 바쁜 사람이었다. 가장으로 직장에 얽매여 밤늦도록 일했고, 퇴근길에는 노모가 당뇨로 입원한 파티마 병원에 들러 병수발도 하고 늘 가족의 기대에 못 미치게 산 것들을 자책하듯 열심히 사는 것 같아 보였다. 그의 삶은 거기까지였다. 95년 한가위 연휴를 마치고 출근한 날, 이웃해 있는 내 직장 사무실로 걸려온 전화는 그의 죽음을 알리는 것이었다. 너무 많은 짐을 한꺼번에 놓아 버렸다. 독자로 살다가 부모님 가슴에 대못 하나 꽝 박고 여린아내와 어린 아들을 남겨 둔 채 그는 그렇게 훌쩍 가버렸다.

그리고 이제 때가 되어 시로 다시 만났다. 나이는 산 사람만 먹는 게 아니다. 죽은 이들도 나이를 먹는다. 때로는 한 살씩 빼가기도 더해가기도 하면서… 그러다 가끔 우리의 기억 속으로 불쑥 나타났다가 다시 사라지기도 한다. 그를 아끼던 스승이 "종구는 시집을 낼 때가

된 것 같다고 했다.” 그만큼 그에 대한 그리움, 아쉬움, 안타까움, 미움 등 감정의 앙금들이 아물고 새 살이 돋아 그를 마음 속에 묻을 수도 기억 할 수도 있는 자유로움이 각자에게 생겼다는 뜻 같다.

이 시집은 이원규 시인과, 원고를 들고 대구에서 지리산 하동까지 여러 번 함께 찾아온 시인의 누님과 매형의 노력 때문에 빛을 보게 된 것이다. 아마 종구도 이들의 마음을 기억하리라. 또 이 시집은 시인의 유일한 피붙이 인산이의 존재로 말미암아 탄생한 것이다. 시인인 아버지의 존재를 알려 주고 싶어했던 누나의 간절한 소망처럼 늘 아비를 추억하길 빈다.

친구 이상윤

차 례

3부

발문

1부

시는 아름다워도 좋은가

거울을 들여다 본다
하루에 한번씩 아무런 빛깔도 형태도
없는 내 존재의 창문을 들여다 본다
사면이 어두워질수록 더욱 밝게
들여다보이는 양심의, 거울 앞에 서면
나는 아버지의 가슴에 칼을 꽂지 않았는데
관속에서 피 흘리는 아버지, 아버지가
거울 속에서 뚜벅뚜벅 걸어 나온다
누가 아버지를 죽였을까
아버지 그만 이젠 제발 그만
소리 없이 죽여주세요 제발
애야 도망가지 마라
허연 달빛에 부서진 잇몸을 들고
부활하는 아버지, 아버지가
내 시어 속에 무덤을 파면
알타미라 동굴 속 같이 캄캄한,
오랜 세월 벽화 속에 감금되었던
들소가 고삐를 풀고 미친 듯이

미친 듯이 이중섭의 소를 닮아간다
아버지, 이젠 관 뚜껑을
아으 동동다리

시가 아름답지 못할 때
우리의 삶은 정녕 아름다워도 좋은가

1990년, 나는

1990년 내 나이 스물 일곱이었지만
부끄럽거나 슬퍼하지도 않았다

1990년 비로소 시인 감투를 썼지만
자랑스럽거나 기쁘지도 않았다

1990년, 나는
병든 들짐승 마냥
골방에 웅크려 앉아

희망처럼 왔다가 절망으로 가버린 세월과
노여움으로 와서 비겁하게 안주한 세월을
손톱 밑에 피멍이 들도록 물어뜯다가

그만 지쳐
춘삼월의 목련처럼 화들짝
피워보지도 져버리지도 못하고

한 편의 시를 쓰면서

한 편의 시를 쓰면서 역사를 생각한다
거짓말, 한 편의 시를 쓰면서 민중을
생각 한다 거짓말, 한 편의 시를 쓰면서
조국을 생각 한다. 거짓말, 한편의 시를
쓰면서 통일을 생각 한다 거짓말, 한 편의
시를 쓰면서 해방을 생각 한다 거짓말,
거짓말의 시를 쓰면서 분단된 조국의
역사와 통일을 꿈꾸며 거짓말의 시를
쓰면서 민중 해방과 독재 타도를
외치는 동안 거짓말로 만들어진 거짓말의
공화국에는 거짓말의 시들이 참말처럼
읽혀지고 거짓말의 시인들이 참시인처럼
둔갑하는 일이 자행되지만 나 또한
거짓말의 시를 쓰면서 거짓말 밖에
생각할 수 없는,

오 치욕스런 내 시여
저주스런 내 엉터리 독자들이여

누가 내게 꼬리표를 달아다오

어느 날 문득
그래 어느 날 갑자기
나는 나를 잊어버렸다
내가 즐겨 찾던 카페와 직장과
가족과 애인을, 그리고 이름까지도
잊어버렸다 어느 날 문득
나는 내가 누구인지 모르고 내가 왜
존재해야 하는지 모르고 내가 왜
낯선 사람들로부터 동료니 친척이니 애인이니 하는
관계와 비관계 속에 묶여야 하는지도 모르고
조국이니 고향이니 민족이니 하는 관념 속에
갇혀야 하는지 잊어버렸다 한순간
나는 지상으로부터 떨어져
몸뚱어리는 분명 지상에 붙어있는데
꼬리표가 없어진 것을 깨달았다
직사각형의 표지 위에 사진과 이름
주소, 번호, 지문 등이 묶여있어야 하는데
꼬리 잘린 원숭이 마냥

나는 꼬리표가 없어진 것을 깨달았다.
무섭고도 황홀하게

나를 부끄럽게 하는 것은
— 나는 괜찮은데 다들 왜 이러지?

아침 늦게 잠자리에서 일어나면
방바닥이 부끄럽다고 푸석푸석 먼지를 날린다
목이 말라 물컵을 잡으면
주전자가 부끄럽다고 고개를 숙인다
아침 식사를 하려고 찌개를 데우면
찌개가 부끄럽다고 부글부글 끓는다
서점에 들러 시집을 뒤적이면
시들이 부끄럽다고 부끄러움형 관형용 명사를 만
든다
실업당을 탈퇴한 실업 동료에게 전화를 걸면
친구는 자주 전화하지 못해 미안하다고 목소리를
붉힌다
간만에 찾아온 애인도
빨랫감을 챙기며 마냥 부끄러워한다
도대체 무엇 때문일까 나는 괜찮은데
시골에 계신 부모님도, 형제 자매와 친구들도
마냥 부끄러워하는 것일까?
여느 날과 다름없는 하루가 끝나고 자리에 누우면

천정이 부끄럽다고 고개를 돌린다
다들 왜 이러지 나는 괜찮은데

근황

차들은 떠났다
각자 하나씩 차창을 달고
아니 알맞은 크기의 빛을 발하면서
그들은 서둘러 이 도시의 가장 낮은 부분을 향하여
경주용 자동차처럼 달리기 시작했다
내 주위엔 이젠 아무 것도 없었다
그저 죽은 도시의 뻔뻔하게 굳어버린 콘크리트 벽
그 벽들 사이를 기어 다니는 수많은 생쥐들
배란기 처녀 쥐의 자궁 속으로 기어 다니는
쥐벼룩과 바퀴벌레들이
나와 세계와의 공존을 확인하려는 듯
악다구니를 하고 있었다
머지않아 그들 또한 떠날 것이다
더 이상 파먹을 아무런 양심도
희망도 절망도 없는 이곳을 떠나
방금 달려 나간 차량들같이
각자 하나씩 배기통을 달고 질주할 것이다
고속도로 위에서 가끔 마주치는

또 다른 그들과 그들의 안녕과 건강을
물으면서 이중 삼중 충돌할 것이고
그들의 죽음 뒤로 차량들은 달릴 것이다
끊임없이, 마치 죽음으로 질주하는
모든 생명들의 행진곡처럼

자화상 1993

물 속에 가라앉지 않는 것이 부력이라면
공기 속에 떠다니지 않는 것은 중력일까

한없이 밑으로 침잠하면서
공기 한 모금의 힘으로 떠다니는 물고기를 바라보
면서
끝없이 어디론가 밀려가면서
물 한 방울의 중력을 가지지 못한 나를 바라본다

나는 누구일까
나는 누구일까?
물갈퀴 하나 가지지 못한 존재들 속에서
공기 속으로 무작정 헤엄쳐 다니는, 나는

흔적 지우기

먼저 네 얼굴을 지운다
검은 눈과 코, 입과 귀를 지우고
네 검은 몸과 두 개의 팔과 다리에 붙어있는
열 개의 손가락과 발가락까지 지운다
그리고 네 몸뚱어리에 붙어있는 두 개의 유방과 검
은 음모
하나 하나 기억의 저편에서 불러내어
비눗방울처럼 날려 버린다

네 이름 석자와 네 이름을 둘러싼 애칭까지
음절 마디마디를 끊어내 분해시키고
네가 즐겨 찾던 찻집과 네가 타던 시내버스 번호도
지운다 우선 너와 관계된 모든 기억들을

지우고 난 뒤
우리들이 함께 가졌던 수많은 시간과
우리들 사이에 오고간 수많은 단어들을
조심스러우면서도 세심하게 이끌어내

영화필름처럼 편집해 놓고
내가 네게 가졌던 감정과
내가 너로 인해 생긴 사랑과 미움, 슬픔과 기쁨
내 기억 속에서 완전히 소멸시킨다

이젠 더 이상 네가 내 안에서 존재하지 않도록
이젠 더 이상 내가 네 안에서 존재하지 않도록

내 두 눈과 두 귀를
그리고 손끝을 씻는다
죽음의 칼날 위에 올라서서 불춤을 추며

약속? 얼굴 없는 사람
또는 지문이 없는 사람과

가기로 했다
그냥 가기로 했다
길이 아무리 험해도
술에 취해 온몸을 가누지 못해도
기억이 끊겨 그가 나를 알아보지 못해도

약속?
얼굴 없는 사람과 지문이 지워진 사람과
약속을 가꾸기 위해

나는 이제 조금씩 허물어져도 되겠다
나는 이제 조금씩 갉아먹혀도 되겠다

知 病

늘상 몸이 아팠습니다.
아무도 나를 건드리지 않았는데
편도선이 붓고
허리에 통증이 오고
귀에는 고름이 흘렀습니다.
살아오면서
단지 내가 한 일이란
이해되지 않는 몇 권의 시집과
서너 편의 시를 긁적거렸을 뿐이었는데
입술이 부르트고
손발이 부어올랐습니다
그러다가 누군가
내가 앓고 있다는 것을 아는체하든가
위로의 말이라도 던지면
거짓말같이 말짱 낫기도 하였습니다
애당초 아픈 곳이 없었으니
낫는다는 말 또한 거짓말이 되겠지만
사람만 만나면 몸이 아팠습니다

서로 아무런 얘기를 주고받지 않아도
뽑아 버린 사랑니에 통증이 오고
명치끝이 바늘처럼 날카로워졌습니다
그러나 통증은 언제나
보이는 통증일 뿐
보이지 않는 통증은
내게 아무런 고통도 주지 않았습니다

손, 그리고 손, 그리고
―님이 내 손목을 주여이다

그녀는 말한다. 그 더러운 손 내 몸에 대지 말라고
아 이내 손, 손은 얼마나 부정했던가
부끄러워라 달고 다니기 차마 부끄러운 손

그녀는 말한다. 그 더러운 손 내 몸에 대지 말라고
아 이내 손, 손은 얼마나 불필요한 물건인가
거추장스러워라 갖고 다니기 차마 불편한 손

손, 손들을 갖고 다닌다 나는 아침부터 잠이 들 때
까지
세수를 하고 신문을 보고 엉터리 원고를 쓰고 서류를
작성하고 밥을 먹는다 담뱃불을 붙이고 고돌이를
치고
똥도 닦고 그녀의 성기와 유방을 만진다 창피스러
워라

그녀는 말한다. 그. 더러운. 손. 내. 몸에. 대지. 말
라고.

비틀어버릴 수만 있다면, 저 놈년들
역사를 마치 전희하듯 주물럭거리는 검은 손을

잘라버릴 수만 있다면, 손과 손목 사이에
불필요하게 그어진 푸른 사선과 붉은 사선을
해서 역사의 푸른 심장을 열어젖히고
붉은 혈맥을 찾을 수만 있다면

그녀는 말한다. 그 더러운 손 내 몸에 대지 말라고

사랑을 위한

얼마나 더 아파해야
네 삶의 뿌리와
네 절망의 부피를 측정할 수 있을까
내(川)가 되지 않고서
강이 어디로 흘러가는지 알 수 없듯이
산이 되지 않고서
수 천 년을 지켜온 고독을 알 수 없듯이
네가 되어보지 못하고서
너의 과거와 현재와 미래를
사랑한다고 떳떳이 말할 수 있다면
지금까지 너를 위해 행한 모든 일들이
한순간 기억으로 지워질 수 있으련만
언제나 네 주위를 맴돌면서
너의 정신과 순결을 찬양하며
지새운 날들이 어느 날 갑자기 부정되고
그 부정이 다시 부정되었을 때
나는 분명 말할 수 있으리라
내 주위에 뭔가 변화가 있었다고

내 사랑을 확인하는 동안
너무나 큰 변화와 역동이 있었다고
살아있는 목소리로 분명 말할 수 있으리라
아무 것도 보고 듣고 말하지 못했다고

안개의 도시

　우리들의 도시는 안개의 나라 한가운데 있다 도시
는 언제나 안개를 실어 나르는 차량들과 안개기둥으
로 세워진 고층건물로 답답했고 매음굴의 연기 같은
공기들로 인해 우리들의 코는 마비되어 있었다 도시
의 서편에는 안개를 뿜어내는 안개공장과 그 뒤편으
로 안개의 대학이 있었는데, 안개의 대학에는 밤안개
보다 매캐한 최루가스가 풍겨 나는 그 곳으로 가지 않
고 언제나 안개의 도시 한가운데 있는 안개의 술집에
서 안개로 빚은 술과 담배를 피우고 안개꽃같이 생긴
여자아이의 젖꼭지를 빨다가 새벽이면 안개의 도로를
따라 집으로 돌아오곤 했다

　여름이면 내 방은 언제나 안개의 벽보다 두꺼운 모
기향으로 건조해져 있었고 나는 그 향기 속에 취한 듯
잠을 자다 안개 꿈을 꾸고 안개비에 젖은 듯 잠에서
깨어나 소변을 보고 책을 읽었다 안개의 도시 한가운
데서 사온 책 속에는 안개의 나라 변두리에서 농사를
짓는 안개의 아버지와 어머니가 늘상 등장하는데 아

버지는 언제나 안개로 만든 모깃불에 걸터앉아 깡소
주를 비우고 숙취한 목소리로 "이놈의 새키 땅마지기
팔아 대학교 시키 났더니 취직도 몬하고" 그러면 옆
에서 어머니는 안개비에 젖은 듯한 목소리로 "아이구
이노마야 지발 빈다 밥 제 때 묵고 술 좀 그만 묵그래
이" 그러면 안개의 자식들은 어김없이 "예 예 됐심더
취직이 어디 지 맘대로 됩니꺼" 하며 책을 덮어두고
안개의 창을 열고 나와 안개의 강둑으로 나선다

안개의 도시 성곽 주위에는 안개의 강이 흘렀다 안
개 도시의 사람들은 휴일이면 어김없이 이곳에 나와
돗자리를 깔고 고스톱과 낙서를 즐기다 인종 치는 시
간이면 다투어 안개의 다리를 건너 거대한 안개의 성
곽 속으로 숨어버린다 가끔 숙취의 이방인들이 노래
와 객기를 부리곤 하지만 거대한 안개에 휩싸여 안개
의 강은 언제나 고요하다 마치 침묵을 지키는 자들을
위해 만들어진 성채같이,

신혼 일기

나는 경상도 사나이
그녀는 함경도 녀성 동무

우리는 결혼을 했지요
신혼살림은 경기도

어느 날 퇴근하고 돌아오니
그녀는 세일즈맨에게 또 다시 넘어가
비실용적인 물건을 들여다 놓았습니다

경상도 사나이인 신랑은 말하죠
"봐라 니 돈이 어데 있다고 자꾸 사뿌노 말이다"
함경도 녀성 동무인 신부는 대답하죠
"도오느 기럼 니게 다 닌민을 위해 생산한 거이 아
니란 말이야요"

또 어떤날은 동네에서 반상회 비슷한 것이 열리는데
그런 날은 신랑은 으레 늦게 돌아오죠

함경도 녀성 동무인 신부는 말합니다
"니 보라요 당신 이래 단테 생활에 다꾸 빠지면
사회에서 지탄 받아요 그리 아시라요"
경상도 사나이인 나는 대답하죠
"괘안타 그란 건 다 형식이니까 니는 신경 쓰지 말
거래이"

그녀는 함경도 녀성 동무
나는 경상도 사나이
우리는 행복하게 살지요
사소한 의견차이는 우리를 보다 가깝게 만들어주
니까요

추억

　만약 우리가 추억이라는 예금통장을 하나씩 갖고
있어
　추억이 필요할 때
　가까운 은행이나 우체국에 들러
　예금청구서나 현금카드를 통해 언제든지 찾을 수
있다면

　만약 우리가 추억이라는 신용카드를 하나씩 갖고
있어
　추억이 필요할 때
　온라인 계좌를 통해 추억을 서비스 받거나
　할부로 타인의 추억을 이용할 수 있다면

　그러나 추억에는 언제나 추억이라는 이름에 걸맞는
　계좌번호와 비밀번호 그리고 인감도장이 필요한 것
　우리가 만약 추억이라는 이름의 예금통장을 갖고
있어
　언제든지 입금과 출금을 하기위해

가슴에 하나씩 비밀번호를 지니고 살아간다면
예금 가능한 추억과 인출 불가능한 추억 사이에
존재하는 추억은 어떤 형태의 비밀번호를 갖게 될까

봄 편지 1

더 이상 시를 쓸 수 없습니다
이백자 원고지 곳곳에 숨어있을 당신을 떠올리며
펜을 들지만
금세 당신을 위해 준비해 놓는 수많은 말들을 잊어
버립니다
단지 슬프디 슬픈 노랫말 몇 소절만이
입 안에 맴돌지만 당신을 위해 준비해 놓은
노랫말이 아니기 때문에 혼자 흥얼거리다 그만
잠이 들었습니다
꿈결에선가 잠결에선가 당신 모습 악몽인가 싶어
문득 깨어나니
동편 창문 곁에서 밤새 서성이던
어두운 그림자 하나 서편으로 조금 비켜서서
내 끝나지 않을 긴 사랑의 노랫가락 끝을 좇고 있
을 뿐
세상은 너무나 완전한 불면으로 충만해 있습니다

편지 1

기어코 올 것이 오는구나
살아서 움직이는 아픔으로
더 이상 머물 수 없는 사랑으로
네 작은 몸뚱어리로
낯선 얼굴 하나 건드리고
이제는 백지장처럼 굳은 얼굴로
제트기류의 바람처럼 다가와
창가에 가면 하나 저버리고
은폐되지 않는 사물 속에서
낮은 포복하며 다가오는 그대
여기는 아직도 네가 설 땅은 아닌데
네 발자국처럼 패어질 수 없는
견고한 지층인데
옛 쥐라기 시대의 화석으로 굳어버린
친구의 주검하나 저 버리고
수십 번 반복의 미학으로
다가오는 이 시대의 화석이여
좀 더 강렬한 몸짓으로

개 거품을 입에 물고
조련사처럼 날뛰는 영혼 하나 저버리고
피할 수 없는 좀처럼 벗어날 수 없는
그대의 잠 싱그럽게 피어나는 그대의 속살
속으로 빠져 들어간 조울증 걸린 사내들
이제는 와도 잠시 머물 수 없는
봄바람에 풀씨처럼 뿌리내릴 수 없는
견고한 사랑 견고한 몸놀림
그러나 여기는 아직
이룰 수 없는 작은 밀렵지대
그 숲 속에서 가벼운 몸놀림 하나로
우리의 꿈은 피어나고

편지 2

내가 떠난 곳에는
아무 것도 남아 있지 않았다
허물어진 성벽 사이로 괴초들이 자라나고
독사와 전갈만이 우글거릴 뿐
사람의 그림자는 보이지 않았다
새들도 알을 품거나 지저귀지 않았고
짐승도 더 이상 그 곳에 머무르길 거부했다
그러나 언젠가는 돌아가야 한다
그 땅이 더더욱 황폐해져서
열매를 맺지 못하는 곡식들이 자라거나
풀 한 포기 자라지 않는 불모지로 변한다 해도
혹은 이상 기온으로 해서
사시사철이 뒤바뀐다 할지라도
일찍이 고비사막에서
우랄산맥에서
내 조상들이 그래왔던 것처럼
허물어진 성벽을 다시 쌓고
이름 모를 꽃들에게 이름을 지어주고

그곳에서 이루어졌던 모든 일들을
돌기둥에 하나하나 새겨놓아야 한다

편지 3

어느 날 문득 내가
잠의 일부분을 무너뜨리지 못하고
계속 그 안에 침전되어 있었을 때
너는 수십 번 내 잠의 변두리에서
돌팔매질을 해왔다
기억 속에 예리한 파장을 일으키며
혼탁한 시간의 습지대 속에서
무좀 걸린 발가락을 꿈틀거리며
신생대의 파충류처럼
내 피곤한 잠 속으로 기어들어 왔을 때
무성한 잡초로 자라나는
내 언어들로부터 불감증을 느끼기 시작한다
뿌리를 내릴 수 없는
내 어설픈 논리의 잔털들이
아스팔트 햇빛 속에 타 죽어가고
그 안에서 산란기의 바퀴벌레들이
갈증보다 무섭게 번식한다 바퀴벌레들이
내 논리의 속살을 다 갉아먹을 때까지

난 기다릴 수 있다
잠이라고 명명된 그 모든 꿈들로부터

짖지 않는 개

짖지 않는 개, 개 한 마리 본다

식육점 현관 앞
큼지막한 먹이 하나 턱에 괴고
게슴츠레한 눈만 껌뻑이는

짖지 않는 개, 개 한 마리 본다

한때는 거친 들판에서
날쌘 발톱과 날카로운 송곳니를 자랑하던
은회색의 잿빛 털을 달빛에 반사시키던

야생의 개, 개 한 마리
오늘은 정육점 현관 앞에서
발톱과 꼬리를 사리고
게슴츠레한 눈만 껌뻑이는

짖지 않는 개, 너는 아직도 개다

2부

누이와 시

봉제공장 견습공인 누이가
야간작업을 마치고 돌아와
생활의 커튼을 내리면
나는 누이 곁에 앉아
청고동 누이의 피곤한 잠을 엿본다

누이의 잠 속으로 어느 듯
푸른 파도소리가 들리고
갈매기 울음 몇 점이 유년의 바다를 물고
두 평 남짓한 자취방에 해일처럼 밀려오면
소꿉장난 같은 생활도구들
섬 되어, 둥둥 떠다니는 방 안에서
누이는 연신 바다를 재단하고 있었다

가난은 결코 유전이 아니라며
일급 미싱사가 꿈인 누이가
밤마다 직조하는 어둠의 섬세한 조직세포
속으로, 거짓말 같은 별들이 총총 박히면

나는 버릴 것 하나 없는 일상의 소품을 떠올리며
밤새 시를 쓴다, 누이 속눈썹 위에 앉아

몇 번인가 퇴고한 낙선 소감문
결코 부끄럽지 않을 시인이 되기 위해
헝클어진 낱말의 실타래 속에서
한 올 한 올 뽑아내는 삶의 언어들
이 시어들이
누이의 꿈속에 융단의 파도가 될 수 있다면

몽돌 사랑

돌을 굴리는 힘으로
바다는 사랑을 굴리고

구르면서 만들어지는
굴러서 만들어진 사랑은

겨울 바다 한가운데 몽돌을 낳는다
차고 단단한
해서 그 누구도 깨트릴 수 없는

몽돌은
지금 너와 나 가슴속으로
굴러, 눈 시리게 푸른 바다를 굴리고 있다

비

비 오는 날
창 밖을 유심히 살펴보면
비는 처마 끝을 타고 내려
개울물처럼 흙탕물처럼 여울져 내리는데
그 물길을 타고 끝없이 올라가면
내 어릴 적 멱감다 놓쳐버린
검정고무신 하나 생각나
그 검정고무신을 따라 내려가면
발고락 새로 미꾸라지처럼 기어오르던
내 고향 땅의 거친 숨결 묻어두고
어느새 낯익은 목교가 나타나고
그 목교 위에서 종이배를 띄워 보내던
비 맞은 꿈들이 되살아나고
수십 번 띄워 보낸 배들은 얼마 못 가 난파되지만
가끔 조난된 삶들이 나뭇가지에 걸려 나오기도 해
시뻘건 도랑물을 한동안 보노라면
내 얼굴이 하나하나 떠내려가
난파된 종이배 주우려다 함께 떠내려간

누이가 생각나
왠지 모르게 자꾸만 자꾸만 도랑물은
내 얼굴 위에서 소용돌이쳐
종이배에 실려 간 내 어릴 적 꿈들은 수없이 조난되고
끊임없는 추락과 절망으로 빠져드는데
검정고무신 하나 누이의 주검 하나
띄워둔 도랑물을 자꾸자꾸 따라 가노라면
누이의 주검이 강변에서나 부활될꺼나
바다에서 내 검정고무신 하나 들고 만날꺼나
내 어릴 적 꿈들은 빗줄기처럼 굵어지지만
그래도 빗물은 처마 끝에서 끝으로 맴도는데

돌담을 쌓으며

돌담을 쌓습니다 세모난 놈 네모난 놈 한쪽 귀서리가 깨어진 놈 둥글넙적한 놈 제멋대로 울퉁불퉁한 놈들을 한 리어카 가득히 주워다가 돌담을 쌓습니다 정면이 평평하게 아귀가 맞지 않는 놈들은 정으로 깨며 한 층 한 층 쌓아가노라면 자연 돌이란 돌은 모두 네모반듯하게 혹은 네모 비슷한 형상으로 우리들 시야에 나타나고 이산 저산 제멋대로 뒹굴던 옛 형상들은 흙 속에 묻혀 보이지 않게 됩니다 정말 기이한 일입니다 처음엔 이렇게 제 멋대로 생긴 놈들로 어떻게 평평한 돌담을 쌓을까 하고 걱정했었는데 이렇게 막상 쌓아 놓고 보니 이놈이 저놈 같고 저놈이 이놈 같아 모두 닮은꼴을 하고 있으니 한편으로 서글픈 생각마저 듭니다 제 좁은 소견으로는 이놈들은 아마 처음부터 비슷한 형상을 지녔거나 망치 하나로 변신할 수 있는 놈들이 아니었던가 하는 느낌이 들지만 이놈들이 입을 열지 않으니 알 수 없는 일이지요 어디 이왕 모나게 자란 세상 옛날 울 할배 흙담 쌓듯이 모난 대로 쌓으면 어떠랴마는 동네 사람들이 네모반듯한 게 보기

좋다고 한마디씩 입을 거니 제 기분 또한 좋아집니다
만 우리가 사는 세상 또한 이럴까 싶어 괜한 걱정만
앞섭니다

빈 지게

공산명월
달빛에 더욱 희어진
흐트러진 머리카락이 싫었다
앙상하게 굳은 어깨도 싫었다
지게 작대기마냥 가늘어진 다리는
더욱 싫었다
길게 늘어진 그림자만 지고
내려오는
길
삽짝에 걸어둔 곡괭이도
낫도 울었다
아버지

가을 산

손 닿으면 저만치 달아나 버리고
혼자 드러누워 깔깔대다가
눈 돌리면 울긋불긋 토라지는 산
내 어릴 적 첫사랑 여자 같다

두레박 같은 가슴을 타고

두레박 같은 가슴을 타고
나는 그녀에게 내려갔습니다
오랜 가뭄 탓인지
그녀가 살고 있는 우물은 건조해져 있었습니다
바닥에 고여 있는
얼마간의 습기마저 없었더라면
나는 그녀를 알아보지 못하고 올라올 뻔 하였습니다.
그녀를 향한 내 사랑이
어느새 감당 못할 갈증이 되어
조금 더 깊이 파고 내려가니
그녀는 우물 깊숙이 강이 되어 흐르고 있었습니다
지하 깊숙이 흐르는 강
강이 만나는 곳마다 그녀는 샘이 되지만
내가 두레박으로 남는 한
그녀는 언제나 지하로만 흐르겠지요

흐린 날은 사람이 그립다

흐린 날은 사람이 그립다
흐릿한 기억 속으로 걸어오는 사람이 그립고
가랑비처럼 촉촉하게 젖어드는 사람이 그립다

태풍주의보와
호우주의보가
흐린 차창을 비껴가는 화요일 오후
나는 텅 빈 사무실에 홀로 앉아
벌써 과거가 되어버린
일간지를 뒤적이며
사람을 기다린다
아니 수채화 물감처럼 번져드는
흐린 창문을 바라보며

언젠가 내가 잠시 외출한 사이
걸려온 작은 메모지 속의 주인공처럼
카페 테라스에 은밀하게 적혀 있는 밀어처럼
흐린 기억을 더듬으며

걸어오는 사람과 만나 등대라도 밝히고 싶다
얼음보다 투명한
소줏잔이라도 가볍게 부딪치고 싶다

연가 1

무서워요 어머니 아아
무서워요 저 강물 소리가
밤마다 나를 유혹하는 저 강물 소리가
임진강변 갈대 숲
내 동정을 앗아간 선술집 딸년이
물귀신 되어 만삭의 몸뚱어리로
꿈속으로 자맥질해 와요 어머니
도망치고 싶어요 어디론가
그런데 발걸음이 떨어지질 않네요
배꽃 같은 선술집 딸년이
뽀오얀 젖가슴을 내밀고
수면 위에 하얗게 부서지고 있어요
아버지가 고자인 딸년
지애비가 누구인 줄 모르는 가시내
가시내가 사타구니를 벌리고
강물 속으로 어서 오라고 어서 오라고
밤이 두렵다고 외롭다고
어느새 가시내 가시내는 뱀 같은

혀를 날름거리며 허리를 조여 오고
이십오 년 동안 목 졸라 죽여 버린 내 사랑이
밤마다 임진강 어귀에서 부활하고 있어요, 징그럽게
이내 숨이 차 헉헉거리면
선술집 딸년이 피라미보다 많은 새끼를
강물에 풀어놓고 모두 내 새끼라고
물러가라 잡귀야 훠이 물러가라
아무 사내나 상관하는 미친년의 가시내
강물에 빠져 죽기 전에
진정 나를 사랑한다고 사랑했다고
물러가라 잡귀야 훠이 그건 남의 씨앗이야

연가 2

봄 여름
벌거숭이로
갈 곳 몰라 지천으로 떠돌다
빨간 능금 한 알 베어 물고
뱅그르르 잠이 들면
해도 달도 뜨지 않는
시뻘건 대낮
온 천지엔 빨간 능금이
비눗방울처럼 날아다니고
아무도 몰래 한 알씩 속살을 베어 물면
부끄러워라 부끄러워라
나뭇잎 하나로 가릴 수 없는
벌거숭이 몸뚱어리
능금알처럼 빨갛게 달아올라
능금나무 아래 살포시 눈감으면
몸뚱어리 속으로 굴러다니는 빨간 능금 알 하나
고무풍선처럼
부풀어 오르는 몸뚱어리

태몽인갑다
시뻘건 대낮
식은땀을 뻘뻘 흘리며 잠에서 깨어나면
곤히 쓰러져 잠든 사내들의 남근들
아아 정녕 태몽인갑다
내 몸뚱어리 이렇게 불덩이 같아
땅과 하늘이 맞잡고 늘어지는데

깨전과 옆방 아가씨

옆방 아가씨가 하얀 소반에 받쳐온
깨전, 깻잎을 먹으며
깨꽃같이 작고 동그란 몸매의
옆방 아가씨를 생각한다
얼마 전 목욕탕 창문 밖으로
얼핏 본, 옆방 아가씨의 맨살
작고 보드라운 손등과
손톱을 발갛게 물들인 봉숭아
잎, 잎술, 입술…
씹는다, 나는 깨전의 기억을
입 안 가득 고소한 침을 괴고
괜시리 가슴마저 두런거리며
오늘같이 아침부터 비가 내리는 날
오후 두 시와 세 시 사이
내리는 비가 그녀와 나의 시선을 더욱 흐릴 때
문득 생각 키우는 사람 하나
깨전 같은, 그리운 사람아

이별연습

이별은 그렇게 다가온다
오후 네시와 다섯시 사이 산간지방에 찾아오는 어
스름같이
이별은 또 그렇게 다가온다
오랜 침묵 끝에 만들어지는 불길한 예감같이
이별은
우리들의 마주잡은 손끝에서, 마주치는 눈길에서도
오랜 묵계처럼 마치 아무 일도 없다는 듯이
우리들이 식사를 하거나 차를 마시거나 여행을 떠
날 때
혹은 무심코 거리를 걸을 때 불쑥불쑥 나타난다
그러나 이별은
오랜 슬픔 뒤에 다가오는 포근한 절망 같은 것
나는 그곳에 가본 적이 있다.
그곳엔 언제나 부우연 습기가 깔린 안개, 안개기둥
으로
세워진 십자가, 종탑 위에선 녹슨 종들이 안개비처럼
저음으로 내리는 그곳은 우리들 도시 한가운데 있다.

그러나 그곳으로 가기 위해선 연습을 해야 한다
비록 세련된 기교나 큰 고통은 필요 없지만
절망은 가볍게 생각하는 습관이 필요하다, 절대로
나는 오늘도 그곳으로 간다
이제는 절망하기 위해
아니, 절망하지 않기 위해
아니, 아니 보다 큰 절망을 가지기 위해
곧장 그곳으로 달려가다 보면
이별은…
언제나처럼 항상 그렇게 다가온다

길과 길이 만나

길과 길이 만나
반갑다고 소리친다

길과 길이 만나
악수를 하고 서로의 건강과 안부를 묻는다

길과 길이 만나
서로의 등을 어루만지며 위로의 말을 하고
야윈 볼을 훔치며 흘러내리는 눈물을 닦아준다

길과 길이 만나
성난 눈동자를 굴리며 사방을 훑어보고
쫓기듯이 갈라선다

좁고 넓은, 가파르고 밋밋한 길들이
표지판도 안내인도 없이 질펀하게 퍼져있는
길 한가운데 나는 서있었다

아무리 걸어도 끝이 닿지 않고
아무리 걸어도 갈 곳을 찾지 못하는
길, 길들 한가운데

전화

네게서 전화가 오지 않음으로 해서
나는 슬펐다

네 전화를 기다리는 동안
지난 여름 내내 늘푸른 잎사귀를 피우던
무화과나무는
누군가의 손에 잘려져 버렸고
좁은 마당 안에서 굴렁쇠를 굴리던 아이는
성인이 되어 돌아왔다
버려진 폐가 마냥
부끄러움도 상처도 노여움도 절망도
기억의 주춧돌 위에
희미한 흔적만 남겨 놓았을 때

네게서 전화가 오지 않음으로 해서
오히려 나는 기뻤다

사랑이여 배신하자

배신하자 사랑이여
우리는 지금 너무나 지쳐있고
많은 것을 알고 있다

배신하자 사랑이여
우리의 손과 눈은 지금
너무나 거칠어졌고 또한 흐려져 있다

아들은 아비를 배신하고
딸은 어미를 배신하고
지아비 지어미가 서로를 배신할 때
배신은, 언제나 새로운 것
처음과 끝을 한꺼번에 알려주는
영락의 종소리

육신도 심장도 얼어붙은 설산에서
얼음의 입과 얼음의 눈과 얼음의 손을 가진
사랑이여 배신, 배신하자
보다 가까이 있는 것을 보다 멀리서 찾기 위해

해 저무는 7월의 들녘에 서면

1

해 저무는 7월의 들녘에 서면
하늘은 잿빛 스크린을 통하여 땅을 훔쳐보고
우리는 알 수 없는 그림자에 의해 그림자가 점점
길어져 간다
열매 맺지 못한 이삭들은 소문 없이
잘려나간 그네들의 팔다리를 생각하며 불임증에
빠져있고
뜸북새 울음 몇 점과 황소의 겁먹은 눈동자 몇 개가
들녘을 서성이고 있다
무언가 허물어져 가고 있는데 아무런 흔들림이 없다

2

소화시키지 못한 일상의 이야기들이
한 점 별빛으로 떠오르면
아이들은 들녘에 서서 별 부스러기를 주워 모으고

노인네들은 안락의자에 기댄 체
넓은 부챗살로 박제된 삶을 추스리고
모깃불을 지펴놓고 개고기를 구워먹던 사내들은
술 취한 언어로 세상을 애기하다가
술잔에 하나 둘 쓰러져 간다

　　　3

우리는 항상 한 개의 창문과 두 개의 눈을 준비하고
창 밖을 엿보았다
창밖에는 빛을 찾아 투신하는 하루살이들
어둠이 짙으면 짙을수록 별빛은 밝게 빛나고
"빛은 항상 어둠 속에 숨어 있어야하나요"
우리는 무엇이 무엇을 흔드는지 모르고
풀벌레 울음소리에 가볍게 흔들리다가
하나 둘 눈꺼풀 없는 사내들이 되어가고 있었다

폭설, 그 이후

그녀는 떠났다
주체할 수 없는 그리움만 남겨두고
가을 속으로
가을이 단풍에 지쳐 끝난 자리
겨울 속으로

그날은 눈이 내렸다
아무도 그것을 눈이라고 말하지 않았지만
나는 보았다
하늘의 가장 낮은 음계를 열고
펑펑 쏟아지는 겨울눈을

폭설 무너지듯 쏟아지는 장대눈은
내 발목을 덮고
내 허리를 덮고
내 이마를 덮고
덮고

얼음의 눈과 심장을 가진
내게 그녀는 왔다
주체할 수 없는 그리움만 남겨 놓은 채

바다와 거품

바다가 파도를 만들 듯이
낙동강은 거품을 만든다

각 공장에서 흘러나오는 폐수와
각 가정의 하수구를 통해 흘러나오는
폐수들이 만나 투명하게 빚어지는 사랑의 결정체
도시의 얼굴

바다의 거품은
미의 여신 비너스를 만들어 올림푸스 공원으로 보
냈듯이
낙동강의 거품은
죽음을 만들어
상수도를 통하여 우리들 식탁 위에 올려놓는다

쓰레기통

쓰레기통에는 쓰레기들이 모여 산다

부서진 연탄재와 찢겨진 우산, 뚜껑 없는 샴푸병과
짝 없는 헌 구두, 그리고 이름 모를 물건들로 채워진
비닐봉지와 생리대와 피임도구 등이 먹다버린 생선뼈
와 동물들의 뼈다귀 사이로 낡은 신문과 잡지에 대충
가려진 채 쓰레기통에 옹기종기 모여 앉아 한때 그들
의 유용함과 화려한 시절의 빛나는 일대기를 서로에
게 자랑하면서 살고 있다

쓰레기통에는 쓰레기들이 모여 산다
계절감각에 맞게
파리나 모기 등등의 애벌레를 키우면서

무엇이 남나

나무에게서 푸른 물감을 추출하면 무엇이 남나
물고기에게서 고무풍선을 터트리면 무엇이 남나
짐승들에게서 생존본능을 제거하면 무엇이 남나
지구에게서 태양을 냉각시키면 무엇이 남나
인간만이, 오로지 인간만이 살아남으려는 이 땅에서

돌들의 悲鳴 혹은 碑銘

돌, 돌들이 굴러다닌다
표정이 없는, 표정이 일그러진
표정이 굳어진, 표정이 깨어진 돌들이
인도와 차도에 상관없이
굴러다닌다
발부리에 채이며
차바퀴에 튕기며
날아다닌다 돌들이
도시의 차가운 이마에 부딪치며
일정한 구호도 함성도 없이
동에서 서로, 서에서 동으로
남에서 북으로, 북에서 남으로
팽팽한 긴장감 속으로
긴장의 팽팽한 근육질을 이완시키며
돌, 돌들이 날아다닌다
무정형의, 정형이 없는
발부리에 채이며
차바퀴에 튕기며

굴러다닌다 돌들은
비명이 없다
부서지고 깨어져도
비명(悲鳴)이 없다 비명(碑銘)이

기억숭어

기억은 짠 소금과 같다
나는 그녀를 뱉아 버린다
기억은 쟁반 위의 숭어가 되어
팔딱팔딱 요구한다
물을 달라고 물을 달라고

세상은 거품과 같다
우리들은 비눗방울을 날려 버린다
역사는 비눗방울처럼 사라진다
흩어지는 비눗방울들
아무도 없다 아무도 없다
그곳엔, 비눗방울을 만드는 그 곳엔

죽음처럼
새벽이 다가온다
산과 강의 정령들을
하나하나 불러일으키며
새벽이 다가온다

잠들지 말라고 잠들지 말라고

한 순간 내 미각 속에
정감을 불러일으키던 숭어 한 마리
아가미가 없다
부레가 없다
나는 울컥 뱉아 버린다
아무도 나에게 질책을 가하지 않는다
아무도 나에게 질책을 가하지 않는다

무화과

지난 여름 내내 무성한 잎을 가꾸던
좁은 마당의 무화과 한 그루

잎 지자 겨울이 온다

지난 가을 달콤한 열매를 선사하던
좁은 마당의 무화과 한 그루

겨울이 오자 봄을 잊었다

좁은 마당의 앙상한 무화과 한 그루
마지막 남은 가을 햇살마저 툭툭 털어버리고
겨울로, 보다 깊은 겨울로

메마른 가지하나 뻗어내고 있다

3부

어둠의 나라에서 2
— 알을 품는 아내에게

그것은 커다란 알이었다
내가 처음 그것을 보는 순간
두려움으로 설마 당신의 몸뚱어리를 통하여
낳았다는 것을 의심하기 시작했소
뭔가 알 수 없는 불안감
하여 난 당신 몰래 깊은 산중에 버렸던 것이오
그러나 차마 당신을 속일 순 없었소
아니 내가 미처 입을 열기도 전에 당신은
그 알이 놓인 장소를 알고
밤마다 내가 깊이 잠든 사이 몰래 빠져나가
새벽이면 이슬이 축축한 몸뚱어리로 돌아왔던 것
이오
당신의 그 뜨거운 모정을 내 어찌 말릴 것이오
하지만 밤이면 몰래 빠져나가 알을 품는 아내여
당신이 꿈꾸고 있는 또 하나의 주몽은
이제 신화 속의 주인공으로 살아 있을 뿐
분단의 땅덩어리를 더 이상 쪼갤 수 없는
우리의 아픈 현실을

당신의 따뜻한 자궁 속에서
밤이면 밤마다 수많은 사생아들이
단단한 껍질 속에서 자라나지만
우리에겐 껍질을 깨뜨릴 아무런 힘도
용기도 없다는 것을
당신이 어찌 알련만
언젠가는 그 껍질을 뚫고 나오는 아이가 있어
활을 잘 쏜다는 아이가 있어
우리에게 밝은 미래를 제시할 아이가 있다 해도
우리들이 그 아일 위해서 무엇을 해 줄 수 있다고
무엇을 남겨다 줄 수 있다고 자신하고 있소
자유와 평화를 위해
단 한 방울의 피도 눈물도 흘린 바 없이

어둠의 나라에서 8
— 잠든 아가에게

아빠가 듣던 영어 테이프를
듣다가
몰래 잠이 든 아가야
한 면이 채 끝나지도 않았는데
이어폰을 귀에 꽂은 채
단잠을 자는 네 곁에서
이 아빠는 네 꿈을 방해하고 싶지 않아
우윳병 꼭지를 네 입 속에 넣어주고
살며시 이어폰을 뽑는단다
아직도 엄마 아빠 발음조차 불분명한 네가
귀에 설은 영어를 듣다가 잠이 들면
넌 꿈속에서 피부색이 다른
외국인을 만나겠지
엄마 아빠 대신 파파 맘마를 찾다가
꿈쩍 놀라 잠에서 깨어나면
네 입 속엔 엄마 젖꼭지 아닌
우윳병 꼭지가 차갑게 물려 있을 것이고
그 옆에는 낯설게만 느껴지는 사내가

애써 담배연기를 창문 밖으로 뿜어내려고
고개를 내밀고 있겠지
그 때 너는 안도의 울음을 터뜨릴 것이고
그래 울어라 목청껏 울려므나
삼천리 방방곡곡에 네 울음소리가 메아리 칠 수 있
도록
여기 네 울음소리 웃음소리만이라도
삭일 수 있는 튼튼한 가슴팍이 있단다
네가 마음껏 뛰어 놀 수 있는
드넓고 광활한 만주 벌판이
이 아빠의 오랫동안 비워 놓았던
꿈의 가장자리에 놓여 있단다

사막에 書 5

눈을 돌리면
사구 저 쪽에 도시가 있다

검은 구름을 만드는 공장과
죽음을 몰고 쏜살처럼 달리는 자동차와
검은 강가에서 고기를 잡는 등이 굽은 아이들이

에이즈와 히로뽕과 동성연애를 꿈꾸면서
의문스러운 눈으로 도시를 엿보고 있다
마치 사막을 동경하는 핵 제조업자처럼

굳이 도시를 가지 않아도
조만간 도시는 사막이 되리라

또다시 사막에 書

나는 애써 떠올리지 않는다
내가 흘러버린 사랑과
그 사랑을 통해 만난 기억을

시를 쓰면서
그 모든 사랑이
단지 시의 소재가 되어버릴 때
내가 사랑한 것은 시인가
대상인가 사람인가 사랑인가

지금은 덥고 답답한
희망과 추억마저 절망이 되어버린
내가 나를 사랑하기엔
너무나 막막한 죽음이 있는 이 곳

나는 기억한다
여기가 내가 존재해야 하는
사막이라는 것을

흐름을 위한

1

흐르는 것은 아름답다
어느 한 순간 머물지 않고
흘러서 내를 이루고 강을 이루었을 때
만나는 모든 것은 아름답다
때 묻지 않는 살과 살이
소박한 언어와 언어가
거리낌 없이 어우러져 하나가 되어
바다로 흘러갈 때
만들어지는 삶의 노랫가락
나도 그 강물의 건반을 밟고
수천 년 썩지 않을 푸른 설레임이고 싶다.

2

흘러야 할 것이 흐르지 않고
가 닿아야 할 것이 닿지 못할 때

우린 노래를 부른다
살아있음으로 해서
살아가기 위해서 불러야 하는
이 시대의 가슴 아픈 사랑을 위해
우린 어둠의 악보를 더듬으며
새벽이 올 때까지 노래를 부른다
부르다 지쳐 피울음을 토해내도
멈출 수 없는 우리들의 흐름을 위해

3

백두에서 한라까지
내(川)와 내가 어우러져
강을 이루고 바다를 이루듯이
잡목 한 그루 한 그루 모여
숲을 이루고 산과 들을 이루는 산하
흐름을 위한 잡목의 세월이여
기둥으로 쓸 대목은 되지 못하지만

오늘은 어느 집 아궁이에서
따뜻한 인정으로 불타오르리
우리네 가난한 솥 아궁이에
탁탁 육자배기풍의 노랫가락으로
타오르는 그대 살아 빛나는 정신이여

4

흘러서 빛이 되고 소금이 되고 언어가 되고 노래가
되고
생명이 되고 자유가 되고 시가 될 때
흐르지 않는 것은
너와 나의 단절된 대화 단절된 사랑 단절된 이념
그 늪에서 빠져있는 한국 현대사
이 순간 깨어있는 목소리로
흘러서 살아 빛나는 것이 있다면
흘러서 너와 나의 장벽을 허물 수 있는 것이 있다면

길

아버지에겐 특별한 길이 없었다
엽총을 들고 검둥이와 함께
까투리 사냥을 나가는 날이면
나는 식인종 나라의 도시락처럼
아버지 뒤를 졸졸 따라다녔다
그럴 때마다 아버지는
아무도 지나가지 않은
숲 속 한 가운데로 성큼성큼 걸어 다니셨고
나는 아버지 발자국을 따라
껑충껑충 뛰어 다녔다
그러다 보면 없던 길도 생기고
그 길은
우리 부자가 새로이 만든,
이제는 두 번 다시 갈 수 없는 길이었다

겨울나기

무구덩이를 판다
양지바른 뒷산 언덕
투박한 곡괭이 삽질로
초겨울 언 땅을 판다
파도 파도 쉽게 열리지 않을
12월의 하늘 아래
이순의 아버지와 마주서서
무구덩이를 파노라면

조금씩 벗겨지는 세월의 지표들
노동의 피로도 잠시 잊은 채
언젠가는 우리들 각자의 몫으로 남을
삶의 부피와 깊이를 측정하면서
언 땅 깊숙이 삽날을 꽂는다

아무리 다듬어도 아버지의 삽질처럼
둥글지 못한 구덩이 속
굵고 싱싱한 놈들부터 차곡차곡 쌓으며

시작되는 우리들의 겨울나기
어둠은 어느새 굽은 척추 위로 흘러내려
내 등 면의 잠을 재촉하고
일찌감치 작업을 끝낸 아버지는
귀가를 서두르는 내 서툰 삽질을 바라보며
무 속살 같은 치아를 드러내셨다

일상의 하루는 납세고지서와 같아
왠지 모를 불안감으로 뒷손질을 끝내고
무거운 발걸음으로 돌아오는 비탈길
반쯤 접혀진 초승달이
내 스물다섯의 어깨 위에 불안한 각도로 매달려
자꾸만 헛걸음질하는 내 불안한 이십대의 생존이여
아직도 물어야 할 것은 너무나 많은데
묻지 못하는 어둠의 현실을
한아름 짊어지고 집으로 돌아오면
어머니는 밥상 앞에 앉아 두터운 겨울 외투를 짜고
있다

한 올 한 올 뽑아내는 따뜻한 손길 속에서
노동의 실타래가 소리 없이 풀려나고 있었다

아무도 미워하지 않는 자의 죽음

보라 여기 한사람이 죽었다
태어나서 단 한번도
그 누구와 시비를 붙지 않았고
살아가면서
정치에 관해서
경제에 관해서
문화에 관해서
역사에 관해서 단 한번도
의문과 분노를 느껴보지 못했던
한사람이
이름도 생년월일도 남겨두지 않은 채
죽었다
아무도 슬퍼하지 않는 자들의 죽음 뒤에
죽어가면서
이 땅에 뼛가루 하나라도 남겨두지 않으려는 양
스스로 몸에 신나와 석유를 뿌리고
바람 부는 언덕에 홀로 서서

죽음에 관하여

나는 알지 못한다
월남전에 파병됐던 삼촌이
한 줌 재로 돌아왔을 때도
이디오피아에서 수많은 사람들이
기아로 죽어갔을 때도
학우 하나가 물고문에 죽어갔다는
신문보도를 통해서도
또는 매일 아침 사회면을 가득 채우는
죽음들에 관해서

늘상 죽음이 우리와 함께 하고 있다는 사실밖에
우리들이 잠들어 있을 때도
늘 깨어있는 죽음은 전쟁과 기아와 폭력과 독재의
탈을 쓰고
우리들의 오관을 통하여 끊임없이 대화를 하지만
나는 죽음의 실체와 형태를 알지 못하기 때문에
죽음이 보내는 메시지를 이해하지 못한다

하나 내가 알지 못하는 단 하나의 이유는
타인의 불행을 통해서
나의 행복의 척도를 가늠하듯이
타인의 부재를 통해서
내가 살아 있음을 확인하기 때문

달리는… 차들은 불안하다

달리는 시간 속에서
차들은 불안하다
제 시간에 도착할 수 있을까
저들이 정말 약속된 장소에서 기다리고 있을까
만약 타이어가 펑크 나거나
기어가 고장? 브레이크가 말을 듣지 않는다면
아 아냐 그럴 리가 없어
오늘 아침 분명 정밀검사를 받았걸랑
컴퓨터가 분명 정상이랬어
생각을 굴리며 달리는 차들은 불안하다
시간이 이대로 정지된다면
해서 가로수들이 팔을 흔들며 열렬히 환영하지도
않고
전봇대가 기쁨의 휘파람도 불지 않고
신호등이 빨강이거나 파랑 그 어느 곳에 정지되어
버린다면
난 정지해야 하나 말아야 하나
정말 지겨울 거야 이런 흥미 없는 여행길은

그런데 내 뒤를 이어 줄지어오는 차량들은
내가 멈춘다고 같이 멈추어 줄까
행여나 일방통행인 이 길을 추월이라도 한다면
아 그것은 정말 절망적일 꺼야 그렇게 되면
우리 모두 파멸일 뿐이야 놈들만 기뻐 손뼉 칠 걸
그런데 그런데 지금 나는 어디로 가고 있지
약속된 땅? 저들이 기다리고 있다는
세상에 믿지 못할 것이 있다면 오로지 인간,

인간일거야 정말 그래… 그래
그런데도 지금 나는… 아 아냐
나는 지금 길 위로 달리고 있을 뿐이야
그들이 기다리고 있든 말든
나는 내 길로 달리기만 하면 되는 거야
일방통행이니까 백밀러도 필요 없이
교통순경이 겁이나 아니면 추월하려고
우측 깜빡이나 좌측 깜빡이도 넣을 필요도 없이

그저 직진만 하면 되는 거야
그런데 그런데 만약 저들이 바리케이트를 친다면
아니면 도로를 끊어버린다면
생각의 바퀴를 굴리며 차들은
불안하다 불안한 바퀴를 굴리며 차들은
전봇대의 긴 휘파람소리와 가로수의 환호를 받으며
신호등마저 무시한 채 앞으로 앞으로
액슬레이트를 밟는다 만약, 만약에 길이 끊어진 후
핸들을 우측으로 꺾을까 좌측으로 꺾을까
아니면…, 한가지 생각만으로
불안한 바퀴를 굴리며

처용이 부른다

야간 잔업을 마치고
동촌으로 가는 30번 시내버스에 오르면
매우 낯익은 목소리
처용이 부른다 나를
30번 시내버스 맨 마지막 귀퉁이에서
그는 내가 매일 이 시간이면
작업을 마치고 귀가한다는 것을 알고나 있다는 듯
우측 귀퉁이에서 손짓을 하고 있다
매우 징그러운 녀석
귀찮다는 듯 내가 돌아보지 않으면
처용은 자리에 일어나 내게로 다가와
손을 끈다
뿌리칠 수 없는 막강한 괴력의 소유자
난 오늘도 피곤한 신경을 곤두세우고
그 녀석의 하소연을 들어야 한다
복잡한 시내버스 공간 속에서
왜 처용의 아내를 들먹거려야 하는지
이유조차 반문하지 못하고

실업자로 전락한 처용의 삶을
비바리 여대생의 구직작전 40일과
자살한 여대생의 이름을 하나하나 떠올리며
대학 졸업 후 일당 근로자로 전락해버린 처용의 일
대기를
듣고 듣고 또 들어야 한다
그리고 고통에는 결코 빈부와 신분의 격차가 없다
는 것을
새삼 재확인하며
우리들의 불안한 미래를 위해 소주잔을 기울여야
한다

자본주의여 나는 너를…, 1

실업자인 내게도
연말 월말이면 어김없이 찾아오는
각종 세금 통지서들

주거세
주민세
전기세
수도세
오물세
방위세
부가가치세 등등
(백골징표, 황구첨정, 인족침징이 따로 있나)

자본주의여
네 꼬리표를 달고 다니기에
나는 지금 너무나 지쳐있다
이제 나는 너를 용서할 힘마저 없구나

그러니, 자본주의여 네 스스로
海改 하라
會計 하라

자본주의여 나는 너를…, 2

자본주의여
나는 너를 더 이상 찬양하지 않겠다
네온사인의 휘황찬란함과 백화점과 슈퍼마켓마다
즐비하게 놓여진 상품들
TV 냉장고 세탁기 컴퓨터 등 문명이 가져다주는
이기로움
부도나지 않을 카드 한 장이면 무엇이든지 가질 수
있는
네가 주는 풍요로움과 안락함에 대해서

자본주의여
나는 너를 더 이상 질책하지 않겠다
부익부 빈익빈의 모순구조를 가진 네 성품과
열악한 노동 환경, 황금이 가져다준 이기심과 배타성
저자본 저소득으로 파괴된 인간 생태계
코카인과 필로폰과 살인 강도 절도 강간 등
부패하고 타락한 도덕성과 황금만능주의에 대해서

단지, 나는 너를
拒否 한다
巨富 한다

나는 이제 내 집의 주인이 아니다

나는 이제 내 집의 주인이 아니다
문패에 적혀 있는 주소도 이름도
모두 내가 아니다 나와 무관하다
대문을 통해 아무런 거리낌 없이 걸어 나오는
두 노인네도, 아낙도, 아이들도
그들은 내 피붙이가 아니다 더 이상
내 가까운 이웃이 아니다 아니다
나는 이제 내 집에서, 그 작고 초라한
문패만 하얗게 빛나는 곳에서 벗어나 있다
아니 호적에 기록된 내 주민등록번호도
초, 중, 고, 대학 학적부에 기록된 학번도
병력증명서에 적혀있는 군번도, 회사 사원명부에
기재된 내 인사카드도, 각종 증명서에 올려져있는
수많은 아라비아 숫자와 알타이어 언어로
기록된 문헌 속에 있는 것은 더더욱 아니다
나는 이제 더 이상 작고 초라한 방에 살고 있지
않다 나는 갑골표피로부터 떨어져있다
그래 이제 나는 내 집의 주인이 아니다 그 누구도

내 슬픔은 분노가 아니다

내 슬픔은 분노가 아니다
당신들이 나를 알기 이전까지만 해도

나의 분노는 희망이나 그리움으로 치장된 값싼 향
료가
아니다
당신들이 내 이름을 불러 주기 전까지만 해도

적어도 그랬다 나의 희망은
안정된 직장을 가진다거나 결혼을 해서 가정을 가
진다거나
명절이면 선물을 들고 부모님을 찾아뵙는다든가
그런 것이었다

그러던 어느 날, 어느 날 한순간
당신들의 표지 위에 내 얼굴이 각인됨으로 해서
나는 나를 잃어버렸다
나는 나를 묻어버렸다

미로, 거미의 집 속에서
새끼를 치는 멕시코산 벌레처럼

나는 나의 동지들을 배반하지도 팔아먹지도 않았고
나는 나의 적들을 용서하거나 동침하지도 않았다

그러나 당신들은
당신들은 나에게 다가와 요구한다
흙 묻은 구둣발로 내 성전을 더럽히고
내 앞에서 내 아내를 능욕한다

삶에 있어서 정당한 요구가 무엇인지
나는 모른다
아니 안다고 해도 인정하지 않겠다

철저한 고립
1년 24절기 동안 아무도 찾아주지 않는 고도에
나는 또아리를 튼다
내 슬픔의 표식을 달기위해

신은 신이 그립다

신은 권태롭다
언제나 똑같은 장소에서
언제나 똑같은 포즈로
언제나 똑같은 표정을 짓고 있자니

신은 피곤하다
이젠 누구하나 눈길을 주지 않고
이젠 누구하나 손짓을 하지 않고
이젠 누구하나 경배를 하지 않는 위엄을 지키자니

신은 서글프다
하루 종일 얼굴에 내려앉는 파리를 쫓거나
하루 종일 무릎 위로 기어오는 이끼를 훔치거나
하루 종일 몸뚱이로 감겨드는 오물을 치우자니

신은 짜증난다
그렇지 않아도 신경 쓸 일이 한 두 가지가 아닌데
그렇지 않아도 해결해야 할 일이 태산같이 밀리는데

그렇지 않아도 서둘러야 할 일이 산재해있는데

신은
단지 신들만이 그립다
어디엔가 기이한 몸짓으로 쪼그려 앉아
지나가는 행인들을 무심코 바라보는 동료들이

들개 이야기

1. 들개의 가족

내가 태어난 곳은 아치형의 입구에서
오전 열 시쯤 빛이 들기 시작하여 오후 세 시만 되면
어둠에 젖는 사면 판자 집으로 반 평 남짓한 집이
었다
난 이곳에서 하루 종일 철창문 밖으로 들려오는
낯선 발자국 소리에 숨죽이며
유혹의 거리를 바라보고 있었다
달려 나가고 싶다는 욕망마저 무너지면
언뜻언뜻 스치는 조상의 가계를 생각하는데
내가 아는 것은 단지 나의 할아버지 할아버지 이전
부터
대대로 유산으로 물려받은 쇠사슬을 아끼면서
살아 왔다는 것과 증조부가 동학란에 돌아가시고
할아버지가 3.1 운동 때, 아버지가 6.25 때 삼촌이
4.19 때
돌아가셨다는 것을 알고 있다

나는 이들의 죽음은 역사적 사건으로 추이하지 않
는다
단지 오랫동안 이 땅에 머물면서 잘 정돈된
식탁 앞에서 주기도문을 외운다던가 수저 사용법을
익히던 중 뜻하지 않게 대세에 휘말렸을 뿐이다
그뿐이다 달라진 것은 아무것도 없다
지금도 내 목엔 몇 대째 대물림인 쇠사슬이
자랑스럽게 빛나고 있고 오랜 시간 더욱
단단하게 조여 오는 쇠사슬의 신축성을 느낀다는 것
그 신축성 속에서 내 삶은
끈적끈적하게 연결되고 있는 것이다

2. 들개 선언

낡은 문설주
내 어설픈 유년시절
물고 물어뜯긴 생채기로
내 몸뚱이는 더욱 부풀어있고

내 빛나는 이빨과 발톱을 갈고 갈던
난간에 겹겹이 쌓인 시멘트 조각
난 부르짖고 있었다
반 평 남짓한 내 방문을 나왔을 때부터
오랫동안 내 목을 조이던 쇠사슬을 벗으면서부터
자유의 몸이라고
점점 자라면서부터 굽이 넓어지는 발굽과
튼튼한 가슴팍과 날카로운 송곳니를
바라보며 느끼곤 했다
일찍이 만주벌판을 드날리던
내 조상의 뜨거운 핏줄기를
오늘 집을 뛰쳐나와
내 본래의 습성으로 환원하는 법을 깨우쳤다
드넓은 들판을 마음껏 뛰어다니며
먹이를 구하는 방법과 날고기를 먹는 방법을
비열하게 목표물을 향하여 전진할 때
내 망각된 발바닥에서 다시 되살아난
보드라운 흙의 기억
그리고 달빛 아래 더욱 번뜩이는 송곳니와

탐스런 잿빛 털의 미세한 움직임
이것은 분명 내 핏줄이 부르는 강렬한 소리
나는 번뜩이는 이빨과 비수와 같은 발톱을
치켜들고 외치고 있었다
나는 들개다—라고

3. 들개 영상

들개를 본다
공공건물 주위에서 호텔 로비에서 빈 강의실에서
포장마차 집에 마주 앉아 니나노 타령을 부르던 아
니 오늘
아침식탁에서 우리들의 어설픈 손짓을 노려보는
복잡한
시내버스 속에서 우리들의 빈 주머니를 드나드는
들개의 굶주린 몸짓을 본다 웃음을 본다 이빨을 본다
때론 빠르게 때론 묵중하게 우리들의 그림자 뒤에
숨어서 예리한 칼날하나 곤두세우고서 우리들의
주위를 항상 배회하고 있다

들개의 눈은 수직으로 꽂혀온다
칼날 같은 눈초리다
하수구에서 쓰레기통에서 충혈된 눈초리로 찾던
그 굶주림만의 노란 눈빛은 아니다

만·약·당·신·이·잠·시·라·도·방·심·
한·다·면
들·개·는·당·신·의·허·연·목·을·사·
정·없·이
물·고·물·어·뜯·을·것·이·다

살아가기 위하여 살아남기 위하여
그리고 아직도 흙의 진실을 알지 못한 동료들을 위
하여

4. 들개의 눈

들개의 눈을 본다
들개의 눈은 수정처럼 맑다

그 맑음 속에서 들개의 유년시절을 본다
도시의 변두리에서
금이 간 축대 끝에서
허리 부러진 그림자 하나 가지고
아스팔트 바닥을 방황하던
언제나 목엔 묵중한 쇠사슬을 차고
반 평 남짓한 공간 속에서
울음 한번 맘껏 울지 못하고
뜀박질 한번 맘껏 하지 못하고
항상 철창문 밖을 향하여 불안한 시선을 꽂고
몸에 잠긴 쇠사슬에서 벗어나려고
쇠창살을 이빨과 발톱으로 박박 갈던
들개의 유년시절을 본다
굶주린 배를 움켜잡고
하수구나 쓰레기 하치장을 찾아 헤매는
오 들개의 굶주린 사랑
        굶주린 자유
        굶주린 언어를 본다

5. 들개의 변증법적 사랑

해마다 봄이 되면 암내 맡은 들개들은
허리를 조여 오고, 밤거리의 불나방처럼 산으로 들
로 뛰어다닌다
들개의 사랑은 기교를 필요로 하지 않으며
금지된 욕망이 아니다
대구역에서 2,500원으로 배운 저주받은 사랑
엷은 형광등 불빛 아래 도마 위의 생선처럼
숨을 헐떡이며 몸으로 배운
밤마다 피임하지 않는 여자들이
잉태하는 죽음의 아기들
거기서 들개의 좌절된 욕망을 본다
번식을 위한 번식이 아닌
오늘도 들개는 술집 작부의 펑퍼짐한 둔부 위에서
이 시대의 수평의 가슴 위에서 의미 없는
반복을 계속하고 있다
사창은 관능의 표현이 아니라면서

도마 위의 생선처럼 계속 죽음의
아이를 잉태시키고 있다

6. 들개의 적

난 지금 나의 적과 대치중이다
우린 서로 칼날 같은 눈을 가지고
서로를 노려보고 있다
내가 좌측으로 일보 움직이면
적도 좌측으로 일보 움직이고
내가 우측으로 일보 움직이면
적도 우측으로 일보 움직인다
그러나 우린 서로의 적을 알지 못한다
단지 적이 다가온다는 것을 호흡으로 느끼고 있다
적이 만일 조금만 방심한다면
나는 갈고 닦는 이빨과 발톱을
서슴없이 드러낼 것이다.
그리고 적의 멀건 목덜미를

가장 비열하게 물어뜯을 것이다.
우리들에게 순화, 순명이란
카테고리에 순화된 속임수로
수천 년간 반 평 남짓한 방 속에 가둬놓은 채
언행의 자유를 억압하고
인습과 관습에 예속화시키려고
아니 현대의 노예로 전락시키려는
그들의 잔인한 속셈을 갈기갈기
찢을 것이다

■ 발문

해맑은 얼굴 뜨거운 열정,
여종구를 기리며

김 용 락

(시인, 문학평론가)

　고인의 유작 뭉치를 받아 일별을 하니 벌써 저 만큼 지나갔던 세월이 다시 되돌아온다. 흔히 하는 비유이지만 흑백영화의 화면처럼 20년 전이 눈앞에 펼쳐진다. 나는 고인의 대학 선배이자 문단의 선배이다. 생전에 가깝게 지냈다. 그러나 내가 아는 고인의 면모는 그의 많은 부분 가운데 단편에 불과할지 모른다.

　80년대 초반, 그때는 지금과는 달리 대학의 수가 그다지 많지 않았다. 그리고 지방대학이 지금처럼 쇠락하지도 않았다. 나름대로의 낭만과 멋과 풍요가 있었다.

그리고 무엇보다 민주화운동과 역사변혁의 와중이어서 허구한날 데모가 끊이지 않던 때이기도 했다. 요즘은 대학이 곧바로 취직공장으로 변해버려 살벌한 측면이 있다. 대부분의 학생들도 취직에 필요한 영어나 컴퓨터만 공부한다. 그만큼 학생들의 인문학적 상상력이 빈곤해진 게 사실이다.

그러나 80년대 초반만 해도 그렇지 않았다. 대부분의 학생들이 대학생으로서 사회적 책무를 자각하고 있었고, 개인의 성공보다는 공동체와 역사의 의미에 대해 소홀하지 않으려고 했다. 문학과 철학과 역사를 읽으면서 어떤 게 나 자신과 민족에 기여하는 삶이 될 것인가에 대해 그야말로 실존적인 고민을 밤새워 통음을 해가면서 치열하게 하기도 했다.

그런 와중에 여종구 시인과 우리는 만났다. 고인이 다녔던 당시 계명대 국문과에는 그가 특히 따랐던 똑똑하고 세련된 매너로 학생들에게 인기가 높았던 고전시가의 최미정 선생과 문학평론가 민현기 선생이 있었고, 불문과에는 이성복 시인이 알게 모르게 제자들에게 깊은 문학적 영향을 끼치고 있었다. 나는 영문과를 졸업하고 대학원 국문과를 다니고 있었다. 당시 고인과 함께 어울려 문학을 이야기하던 친구들의 면모는 쟁쟁했다. 고인을 비롯해 지금은 시단의 중견이 되어있는 경제학

과의 이원규, 영문과 박상봉 시인, 국문과 이동엽 시인,
의대의 노태맹 시인, 지리산에 거주하고 있는 신문기자
출신 이상윤, 현재 경북 문경에서 교편을 잡고 있는 김
진환, 최동섭, 박정미, 불문과 신이현 소설가, 당시 그녀
와 애인 사이였던 소설가 장정일 씨와 지금은 기억에 떠
올리지 못하는 그 밖의 많은 선후배들이 어울려 계명대
의 빛나고 자부심 높던 문예부흥기를 구가하고 있었다.

　문학과 변혁운동 사이에서 고민하고 방황하면서 학
교부근 주점에서 많은 막걸리를 축내기도 했다. 그만큼
우리들의 청춘은 맑고 순수했고 우정 또한 친 혈육 못지
않게 깊었다. 물론 우리들을 이렇게 엮어준 것은 바로
문학에 대한 열정과 조국애, 촌놈의식 같은 어떤 것들이
었다.

　이 시집에 실린 고인의 작품을 보면 이런 당시의 정
황들이 잘 드러난다. 20대의 청춘이 모색하는 정신적인
이데아의 과정에서 갖게되는 특유의 방황과 좌절, 외세
와 군사 파시즘 아래서 신음하는 민족현실에 대한 안타
까움, 쉽게 씌어지지 않는 시에 대한 절망, 이성복 시인
의 영향을 받은 듯한 이미지 구사 등이 이 시집의 지면
을 장식하고 있다.

　경북 예천이 고인의 고향인데, 시골 출신답지 않게
곱상하고 귀티나던 외모와 웃을 때면 보조개가 패이던

해맑은 얼굴, 술에 취하면 말이 많아지던 모습이 그립다. 알고 보니 외동아들이었다. 《문학과비평》 신인상에 당선되어 기뻐하면서 앞으로 시를 열심히 쓰겠다고 다짐하던 모습도 생각나고, 어느 해 여름 동해안 감포에서 열렸던 대구민족문학회 해변문학제에 갓난 아들 인산이를 안고 함께 참석한 늘씬한 키에 눈매가 서글서글한 미인 부인의 잔소리를 들어가면서도 끝까지 대취하던 고집 등이 새삼 그립다.

불의의 사고를 당하던 그 해 추석이었을 것이다. 내가 다니던 신문사 커피숍에 고인이 나타났다. 직장이 지척간이라 처음에는 그냥 명절을 앞두고 고향 가기 전에 커피나 한 잔하고 헤어지자는 걸로 생각했다. 이런저런 이야기 끝에 그가 슬그머니 봉투를 한 장 내밀었다. 그 속에는 5만 원권 구두 티켓이 한 장 들어있었다. 아마 명절을 맞아 거래업체에 선물용으로 장만한 것 가운데 한 장을 빼돌려(?) 선배인 나에게 준 것이 아닌가 하고 나는 지금도 그렇게 생각하고 있다. 이런 따뜻한 마음을 가진 고인이 그 추석 다음날 불의의 교통사고를 당했다는 소식을 듣고 최미정 교수와 함께 정신없이 달려갔던 구미 순천향병원 영안실 풍경이 이 글을 쓰고 있는 지금 주마등처럼 스쳐지나간다. 아, 정말 세월이 덧없구나!

이 시집에 실린 시 가운데 「달리는… 차들은 불안하다」는 작품을 보면 고인이 아마 자신의 운명을 무의식적으로 예감한 게 아닐까하는 확신이 들 정도로 교통사고에 대한 정황을 예견하고 있다.

"행여나 일방통행인 이 길을 추월이라도 한다면/아 그것은 정말 절망적일거야 그렇게 되면/우리 모두 파멸일뿐이야"라고 말하는 부분에 오면 더욱 그런 생각이 든다.

젊은 시인이 죽음에 관한 시를 한두 편 쓰지 않는 사람은 없겠지만 독일 학생운동을 차용한 제목의 「아무도 미워하지 않는 자의 죽음」이나 「죽음에 관하여」 등을 읽어보면 뭔가 죽음의 그림자가 고인의 주위를 배회하고 있었던 게 아닌가하는 안타까움을 낳게 한다.

나는 알지 못한다
월남전에 파병됐던 삼촌이
한 줌 재로 돌아왔을 때도
이디오피아에서 수많은 사람들이
기아로 죽어갔을 때도
학우 하나가 물고문에 죽어갔다는
신문 보도를 통해서도
또는 매일 아침 사회면을 가득 채우는

죽음들에 관해서

늘상 죽음이 우리와 함께 하고 있다는 사실밖에
우리들이 잠들어 있을 때도
늘 깨어있는 죽음은 전쟁과 기아와 폭력과 독재의 탈
을 쓰고
우리들의 오관을 통하여 끊임없이 대화를 하지만
나는 죽음의 실체와 형태를 알지 못하기 때문에
죽음이 보내는 메시지를 이해하지 못한다
하나 내가 알지 못하는 단 하나의 이유는
타인의 불행을 통해서
나의 행복의 척도를 가늠하듯이
타인의 부재를 통해서
내가 살아 있음을 확인하기 때문
　　　　　　　　　　　　　—「죽음에 관하여」 전문

이 시 1연은 사회적인 죽음에 관한 성찰이다. 오늘 미국의 이라크 침공으로 세계 도처에서 살육과 테러와 전쟁이 벌어지고 있다. 이런 때 고인이 살아있다면 얼마나 훌륭한 반전시를 썼겠는가 하는 아쉬움은 나 혼자만의 아쉬움은 아닐 것이다. 그러나 "죽음의 실체와 형태를 알지 못"한다던 그는 뜻밖의 교통사고로 젊은 나이에 죽음을 만났다. 그리하여 타인의 부재가 아니라 자신의 부재를 통해 우리의 살아있음을 확인시키는 아이러니를 연출하고 있다. 다시 한번 그의 부재를 안타까워하며 명복을 빈다. 마지막으로 이 시집을 내는데 고인의 친구인 이상윤과 이원규 시인 등 많은 이들의 조력이 있었다. 선배로서 별 도움을 주지 못한 나 자신을 민망해하며 그들에게도 두루두루 고마운 마음을 전한다.